À la célèbre école de soccer appelée **THE DAVID BECKHAM ACADEMY**, chaque jour est une aventure. Tout en s'amusant, filles et garçons apprennent à mieux connaître leur sport et développent leurs habiletés. Mais il n'y a pas que les stratégies et les tirs secs... David Beckham sait que pour devenir un joueur de *Premier League* il faut : du dévouement, du travail d'équipe, de la passion et de la confiance en soi. Voilà le secret! Dans les pages suivantes, tu rencontreras des enfants passionnés de soccer qui réalisent leurs rêves à l'académie.

PLONGE DANS CETTE AVENTURE SPORTIVE ET FASCINANTE!

Voici ce que quelques-uns de nos lecteurs pensent de ce livre.

Quel Capitaine! est un livre excellent.
Dominic, 8 ans

Dan est mon personnage préféré
parce qu'il n'abandonne pas.
James, 8 ans

Vous allez vraiment aimer ce livre;
moi, je l'ai adoré!
Abby, 7 ans

J'ai aimé quand VJ jouait
au commentateur sportif!
Catriona, 7 ans

J'aime VJ parce que c'est une machine
à marquer des buts!
Elliot, 9 ans

C'est un livre fantastique.
Il t'apprend des choses, comme à ne pas
être autoritaire ou à ne pas tricher.
Joshan, 8 ans

Les illustrations étaient géniales. Elles m'ont
aidée à comprendre l'histoire.
Rudy Pepe Joy, 6 ans

Ce livre raconte une histoire palpitante,
drôle et pleine de rebondissements.
Anya, 7 ans

J'ai aimé quand VJ a marqué un but superbe!
George, 9 ans

Catalogage avant publication de Bibliothèque
et Archives Canada

Stead, Emily

Quel capitaine! / Emily Stead ; illustrations de Adam Relf ;
texte français de Claude Cossette.

(The David Beckham Academy ; 6)
Traduction de: Captain incredible.
Pour les 7-10 ans.

ISBN 978-1-4431-0963-5

I. Relf, Adam II. Cossette, Claude III. Titre.
IV. Collection: David Beckham Academy ; 6

PZ23.S738Qu 2011   j823'.92   C2011-902295-8

L'édition originale de ce livre a été publiée en anglais au Royaume-Uni,
en 2010, chez Egmont UK Limited, 239 Kensington High Street,
Londres W8 6SA, sous le titre *Captain Incredible*.

Édition publiée par les Éditions Scholastic,
604, rue King Ouest, Toronto (Ontario) M5V 1E1,
avec la permission d'Egmont UK Limited.

5 4 3 2 1   Imprimé au Canada 116   11 12 13 14 15

THE DAVID BECKHAM
ACADEMY

QUEL CAPITAINE!

TABLE DES MATIÈRES

EN ROUTE POUR L'ACADÉMIE

Assis dans le métro, Dan Williams s'agrippe aux accoudoirs. La rame file à toute allure dans un tunnel noir comme le charbon. Même s'il sait que ça ne changera strictement rien, le garçon ferme les yeux en souhaitant de toutes ses forces que le métro aille plus vite.

Sur le siège voisin, sa tante Jasmine feuillette un journal gratuit. Elle le lui a proposé, mais Dan n'a pas pu se concentrer assez longtemps pour lire les résultats du soccer à la dernière page. Tante Jasmine semble en revanche s'intéresser vivement aux pages de potins.

Le métro s'arrête dans un vrombissement et les portes s'ouvrent.

— N'oubliez pas d'emporter tous vos effets personnels en quittant le train, fait une voix chantante dans les haut-parleurs.

— Plus qu'un arrêt… un arrêt, murmure Dan tandis que son estomac gargouille d'anxiété.

C'est la première fois que Dan prend le métro de Londres, et il n'aime pas du tout cela. Les tunnels sombres, les gens qui vous marchent presque sur les orteils… *Je sais qu'une fois arrivé, ça en vaudra la peine*, se dit-il.

Dans le wagon derrière, Veejay Ganesh – ou VJ, pour ses amis – et son grand-père se dirigent vers la même destination.

VJ étudie la carte du métro devant lui, un enchevêtrement de lignes colorées. Est-ce qu'ils sont presque arrivés?

Son grand-père lui donne un coup de coude.

— Le prochain arrêt est celui de The David Beckham Academy! annonce le vieil homme en lui faisant un clin d'œil.

VJ se lève d'un bond et va se poster à côté de la porte, prêt à sauter dès que la rame s'arrêtera.

Cela fait des mois qu'il attend ce jour. VJ n'a

qu'une chose en tête : le soccer. Il y pense tout le temps : dès qu'il ouvre les yeux le matin et que son regard se pose sur son mur couvert d'affiches, et jusqu'à ce que sa mère ou son père lui dise de rentrer le soir après des heures à faire des jongles.

— On dirait que ce ballon est ton meilleur ami, plaisante son père. Vous êtes inséparables!

Son « meilleur ami » lui cause parfois des problèmes. Avec son ballon, VJ n'est pas très populaire auprès des voisins, car leur porte de garage lui sert souvent à faire des tirs au but.

À l'école aussi, VJ peut passer des heures à regarder les terrains de soccer par la fenêtre. L'autre jour, il s'imaginait marquant le but qui mènerait l'Angleterre à la Coupe du monde et recevant des félicitations de David Beckham et de Steven Gerrard. CLAC! Son professeur l'a sorti de sa torpeur en frappant son cahier sur son bureau. Devoirs supplémentaires en mathématiques. Encore.

Le grand-père de VJ est son plus grand admirateur et ne manque jamais un match, pas même les rencontres amicales. Si l'équipe de l'école annonçait soudain qu'elle mettait en vente des abonnements, son grand-père serait le premier à faire la queue.

Mais cela n'empêche pas pour autant M. Ganesh de taquiner son petit-fils.

— C'est bien beau le soccer, dit-il, mais le cricket, ça c'est un vrai sport!

Tout ce temps à attendre? Et la pluie qui arrête le jeu? Non, le cricket n'est pas pour VJ.

Le train entre dans la station suivante avec une secousse, puis s'arrête enfin. Les quatre passagers en sortent pour se diriger vers la sortie, bousculés par la foule.

Dan écarquille les yeux à la vue de tous ces

panneaux d'acier inoxydable qui brillent autour de lui. Il savait que Londres ne ressemblait pas au petit village où se trouve la ferme de sa famille, mais ce qu'il voit dépasse son imagination. Il a l'impression d'avoir été projeté dans le futur et de se trouver en 2075 à bord d'une station spatiale.

Dan est brusquement tiré de ses rêveries.

— Viens grand-papa! fait une voix.

C'est VJ. Il marche si vite qu'il semble courir. Il monte l'escalier roulant en sautant deux marches à la fois et a vite fait de doubler Dan et sa tante Jasmine.

Il lui a fallu des mois pour convaincre ses parents de le laisser aller à l'académie. Il va donc tout faire pour profiter au maximum de chaque seconde des deux jours qu'il va passer là-bas.

— Attends, mes vieux os ont leurs limites, lance son grand-père en souriant.

En se retournant pour répliquer, VJ trébuche et se cogne la cheville gauche contre le métal dur de la marche. La rampe l'empêche de tomber.

M. Ganesh tente de calmer son petit-fils.

— Attention, VJ! dit-il. Je suis certain que tu souhaites arriver là-bas en un seul morceau, n'est-ce pas?

— Je n'ai rien, arrête de faire des histoires! rétorque VJ.

Il secoue son pied en espérant calmer la douleur. *Ouille!*

Quelques marches plus bas, Dan observe la scène. VJ a les cheveux foncés coupés en brosse; il est plus petit et plus mince que lui.

Il doit lui aussi se rendre à l'académie, songe Dan. *Je me demande s'il est bon.*

Lorsque l'escalier mécanique les ramène au niveau de la rue, Dan laisse échapper un profond soupir.

Enfin la clarté du jour!

Les tourniquets s'ouvrent pour les laisser sortir de la station. Ils traversent la rue et se dirigent vers les énormes dômes de l'académie.

— Oh! Cet endroit est gigantesque! lâche VJ d'une voix étranglée. Regarde, grand-papa!

Dan a la bouche grande ouverte. Son cœur se met à battre plus vite dans sa poitrine et un frisson lui parcourt la nuque.

C'est tellement grand qu'on pourrait y faire entrer la ferme de la famille Williams au complet. Bienvenue à The David Beckham Academy!

L'ÉCHAUFFEMENT

À l'intérieur, une petite foule est rassemblée devant l'accueil. L'excitation est palpable quand commence la distribution des superbes ensembles bleu royal de l'académie. VJ et son grand-père échangent un regard ébloui; quand les autres joueurs de l'école de VJ verront cette tenue, tous voudront troquer leur maillot!

Les adultes doivent bientôt se retirer. M. Ganesh tient d'une main la porte vitrée ouverte pour tante Jasmine tout en saluant VJ de l'autre.

— Amuse-toi bien! dit-il à son petit-fils.

— Marque un essai pour moi! lance tante Jasmine à Dan.

— Ça, c'est au rugby, tante Jasmine! la corrige Dan en sentant ses oreilles rougir. Même toi, tu dois le savoir…

Tante Jasmine y va d'une autre tentative :

— Euh, je veux dire… essaie de ne pas renverser le guichet?

Encore raté.

— Ah! Une amatrice de cricket! s'exclame M. Ganesh, courtois, pour éviter que tante Jasmine soit embarrassée. Je vais vous raconter la fois où j'ai vu l'Inde battre l'Angleterre pour la première fois…

VJ va se mettre en rang à côté de Dan. Il constate que le garçon a l'air nerveux. Ou peut-être est-il seulement mal à l'aise à cause de l'étrange dame qui l'accompagnait. Elle n'avait pas l'air d'être sa mère… sa tante peut-être?

— Tu veux voir quelque chose de génial? lance VJ en sortant un téléphone de sa poche. C'est mon record, 279 jongles!

Dan jette un regard furtif sur l'écran du téléphone mobile.

— Je m'appelle Veejay, dit VJ sans quitter l'écran des yeux. J'aurais pu faire mieux, mais mon grand-père voulait entrer, car le cricket allait commencer. Il est aussi fou de cricket que moi de soccer!

— Moi, c'est Dan, répond le garçon en hochant la tête.

Il ne va quand même pas avouer qu'il n'arrive pas à faire 10 jongles. Pour changer de sujet, il enchaîne :

— En parlant de fou, pour venir ici, j'ai… euh… participé à un concours du magazine *Fou de soccer* et j'ai gagné!

— Ah oui? fait VJ, l'air impressionné. Je reçois ce magazine toutes les semaines!

— Oui, il fallait envoyer une photo de l'endroit le plus bizarre où on avait joué au soccer. Sur la mienne, il y avait ma sœur et moi dans un champ plein de vaches de notre ferme. On a écrit qu'on jouait pour l'équipe Juventus B! poursuit Dan.

VJ éclate de rire.

— Ha! Ha! Ha! La célèbre équipe noir et blanc! C'est très drôle!

Au moment où ils arrivent à la fin du clip

vidéo, une fille aux cheveux noirs coupés au carré passe en trombe devant eux pour aller se placer en tête de file. Elle fait presque tomber le téléphone des mains de VJ.

— Hé! Attention à ce… commence VJ.

Mais la fille n'écoute pas. Elle tend la main à l'entraîneur.

— Je m'appelle Mia, l'entendent-ils annoncer. Je suis capitaine de l'équipe pee-wee de Wallingworth. La saison dernière, j'ai marqué huit buts et joué à tous les matchs.

Mia brandit un cahier rose orné d'un autocollant de soccer.

— Regardez! Je note tous les résultats des matchs dans ce cahier. Mon père dit qu'au rythme où vont les choses, je pourrais faire partie de l'équipe féminine aux Jeux olympiques! claironne-t-elle.

VJ lève les yeux au ciel.

— J'espère que je ne serai pas dans la

même équipe qu'elle. Est-ce qu'il lui arrive de se taire?

L'entraîneur fait un clin d'œil à Dan, qui lui répond par un sourire.

— Bonjour, je m'appelle Théo et je serai votre entraîneur pendant les prochains jours, annonce-t-il. Allez vous changer, je veux que vous soyez sur le terrain dans cinq minutes, prêts pour l'échauffement.

VJ, Dan et les autres ne se le font pas dire deux fois et foncent vers les vestiaires.

* * *

Vingt minutes plus tard, l'échauffement est terminé et on a formé des groupes pour les exercices d'habiletés. Dan et VJ sont ensemble, avec un garçon aux cheveux bouclés nommé Jack.

Le premier exercice est une mini-partie à

trois contre trois. Les équipes doivent demeurer à l'intérieur d'un petit espace carré délimité par des cônes.

— Il s'agit de travailler en équipe et de conserver le ballon, explique Théo. Je veux vous voir travailler ensemble et choisir la meilleure passe. Comme il n'y a pas de but, vous devez simplement garder le ballon le plus longtemps possible.

Ils vont jouer contre l'équipe de Mia. La jeune fille, qui a coincé le ballon sous son bras, est en train d'expliquer à ses coéquipiers ce qu'ils doivent faire et ne doivent pas faire, comme si c'était la première fois de leur vie qu'ils jouaient au soccer!

— Pas de chance! gémit VJ.

Théo donne un coup de sifflet pour annoncer le début de l'exercice. Le garçon le plus petit de l'équipe de Mia effectue le coup d'envoi.

— Par ici, lance Mia. J'ai le champ libre.

Mais Dan a vu le danger et intercepte facilement la passe.

— Tu es trop lent! grogne Mia.

Dan fait une belle passe à VJ, qui exécute une feinte d'un côté pour ensuite envoyer le ballon à Jack.

— Bloquez-le! Mais qu'est-ce que vous attendez? hurle Mia.

Tandis que l'équipe de VJ s'entraîne à courir pour recevoir le ballon et à choisir des passes faciles, Mia fait pression sur ses coéquipiers pour qu'ils lui fassent des passes, même si elle est marquée par un joueur.

Lorsque le coup de sifflet retentit à nouveau, l'équipe de VJ a conservé le ballon presque tout le temps.

— Beau travail, les gars! lance Théo en applaudissant.

— De toute manière, c'était un exercice stupide, fait Mia d'un air offusqué en enlevant son dossard. On aurait beaucoup plus de place pour passer le ballon dans un vrai match.

Dan fronce les sourcils. *Là n'est pas la question et elle le sait parfaitement*. Il ne dit rien. Il ne veut surtout pas se disputer.

Mia attrape une bouteille dans le porte-bidon et prend une longue gorgée d'eau.

VJ et Dan se jettent un rapide coup d'œil tandis qu'une même pensée leur traverse l'esprit.

Quel cauchemar cette fille!

— Bon, dit Théo avec un sourire. J'espère que vous avez travaillé votre samba parce que vous allez tous faire partie de l'Équipe Brésil aujourd'hui!

Le groupe est enchanté. Mais les visages s'allongent quand ils voient Mia enfiler un dossard jaune du Brésil.

— Est-ce que tout le monde en a un? demande-t-elle d'une voix autoritaire.

LA FIÈVRE DE LA COUPE
DU MONDE

— Ça va être génial, déclare VJ en souriant.

Pour la troisième fois en une minute, il se baisse pour vérifier si ses lacets sont bien attachés. À la pause, Théo a annoncé aux membres de l'Équipe Brésil qu'ils affronteront le Japon en premier.

Pendant leur courte période de répit, les garçons réunis dans le vestiaire discutent des pays célèbres et des superbes buts marqués en

Coupe du monde.

Ils conviennent que représenter le Brésil ne peut pas leur nuire. Aucune équipe n'a été plus souvent championne du monde que celle du Brésil : ses joueurs sont parmi les plus doués pour le soccer.

— Il faut juste espérer que l'Angleterre ne jouera pas contre le Brésil lors de la vraie Coupe du monde! lance un garçon.

— Peux-tu seulement imaginer tous ces pays incroyables où David Beckham a joué? Et tous ces stades légendaires? lâche VJ tandis qu'ils s'élancent à l'extérieur. C'est dingue de penser qu'il a joué plus de 100 fois pour l'Angleterre.

Dan ouvre la bouche pour répliquer.

— Je dirais plutôt 120 fois, intervient Mia.

— Il n'y a rien de tel qu'une conversation privée, hein Danny? fait VJ, assez fort pour que Mia l'entende.

Elle préfère l'ignorer.

— Bon, alors on va faire comme si c'était une vraie Coupe du monde : être confiants et patients. Les buts viendront ensuite, enchaîne-t-elle en s'assurant que son brassard de capitaine ne va pas glisser de son bras.

Les autres joueurs de l'équipe haussent les épaules. Les paroles de Mia ont du sens. Mais quand a-t-il été décidé qu'elle serait capitaine?

Mia avait raison. L'Équipe Brésil commence la partie comme si ses membres jouaient ensemble depuis des années.

Calmement, ils se font d'habiles passes, exécutent des tacles intelligents et tous sont en mode défensif lorsque leurs opposants tentent une attaque.

VJ se montre aussi à la hauteur de son talent. Il réussit son meilleur jeu lorsqu'il parvient à contourner quatre défenseurs, et déjoue le gardien pour marquer le premier but du match avec un tir bas dans le coin du filet. On jurerait que le ballon est attaché à son pied par une bande élastique!

Son but donne lieu à une démonstration d'enthousiasme qui s'intensifie encore lorsqu'il traverse tout le terrain à la course, termine par une roulade avant et s'écroule au sol, euphorique. Il n'a pas le temps de s'inquiéter de l'élancement à sa cheville; ses coéquipiers se précipitent déjà vers lui pour le féliciter.

La feuille de pointage demeure inchangée jusqu'au milieu de la deuxième mi-temps. VJ tire alors profit d'un mauvais jeu défensif. S'accrochant à une passe de Dan, il fonce dans la surface de réparation pour permettre à Mia de compter avec une simple claquette.

— Voilà comment il faut faire! s'exclame Mia en récupérant le ballon dans le filet, le visage rayonnant.

À la défense, le jeu de Dan et des arrières est solide, lui aussi. Un peu plus tard, les défenseurs font face à une situation menaçante, mais ils réussissent à freiner l'attaquant du Japon qui ne parvient qu'à traîner le ballon jusqu'au but, au grand soulagement du gardien.

À cinq minutes de la fin, la partie est gagnée d'avance. Le pointage de 2 à 0 est, en vérité, une réussite du Japon : les membres de l'équipe japonaise n'ont jamais mis le gardien de but brésilien à l'épreuve tandis que le leur a réussi cinq arrêts.

Voulant à tout prix sceller la victoire, VJ part en flèche. Un défenseur japonais fonce sur lui, mais VJ pousse le ballon entre ses jambes d'un mouvement habile. Petit pont réussi! Penaud, le défenseur allonge désespérément le pied et heurte… la cheville de VJ.

— Ça doit faire mal! s'exclame Mia.

Dan serre les dents. *Toujours aussi serviable*, se dit-il en allant aider VJ.

— On continue, lance VJ à l'arbitre en se relevant avec précaution. Tout va bien.

Dan l'interroge du regard, cherchant à savoir s'il va réellement bien, mais le garçon détourne les yeux et dépose le ballon, prêt à effectuer le coup franc.

Il marque un temps d'arrêt, les mains sur les hanches, mais rate complètement son coup. Le gardien de but bloque facilement son tir mou. Il n'y aura pas de troisième but.

Pendant les dernières minutes de jeu, VJ grimace chaque fois qu'il frappe le ballon. Il attend avec impatience le coup de sifflet.

Lorsque l'arbitre annonce la fin de la partie, Dan rattrape VJ qui sort du terrain en boitant légèrement.

— C'était toute une épreuve. Tu es certain

que ton pied n'a rien? demande Dan.

— J'en ai un autre! plaisante VJ. Heureusement que je ne tire pas du pied droit, hein?

Dan fronce les sourcils.

— Tu n'as pas à t'en faire pour moi, mon ami, réplique VJ en constatant que Dan est inquiet.

Sur le terrain voisin, l'autre match n'est pas encore terminé. L'Afrique du Sud est en train d'écraser l'Espagne et semble marquer chaque fois qu'elle attaque.

Dan et VJ regardent, époustouflés, le capitaine de l'Afrique du Sud décocher un puissant tir à la volée qui expédie le ballon au fond du filet.

— Ça, c'est vraiment inquiétant, déclare VJ d'une voix solennelle.

LA BLESSURE

Lorsque Théo annonce la pause du dîner, tous ont soudain le ventre qui gargouille. Heureusement, on leur a préparé quelque chose de bon à la cafétéria.

Comme d'habitude, Mia est la première en ligne.

— Du poulet pour les protéines, des légumes pour les vitamines, commande-t-elle, et des pâtes pour les hydrates de carbone qui donnent de l'énergie.

— C'est exact, ma chère, reconnaît la

préposée au service. C'est ce que mangent les professionnels.

Dan et VJ qui traînent en bout de file examinent la plaque sous le cadre d'un des maillots de l'Angleterre ayant appartenu à Beckham. Servis en dernier, ils voient deux places libres à côté de Mia, les seules qui restent.

— Elle fait partie de notre équipe, dit Dan avec un haussement d'épaules.

— Après toi, répond VJ en souriant.

— Est-ce que vous le saviez? demande Mia lorsque les garçons sont assis. Nous allons jouer contre l'Argentine au prochain tour.

— Super! Un derby sud-américain! s'exclame VJ.

Il enchaîne en prenant sa meilleure voix de commentateur sportif :

— Le Brésil fait face à un défi de taille en affrontant l'Argentine, l'équipe rivale de toujours.

Dan éclate de rire et s'étouffe presque avec sa pomme de terre au four.

— Holà, VJ, ce n'est pas le moment de faire le pitre! intervient Mia d'un ton autoritaire. On doit gagner ce match.

Avant tout, on réunit les équipes dans la

salle de classe. VJ est heureux de donner un répit à sa cheville.

Les joueurs ont pour tâche de concevoir une page de journal et de rédiger un compte-rendu du match disputé le matin.

À sa grande déception, VJ fait encore partie du groupe de Mia. Au moins, Dan est là lui aussi.

— Je veux des titres accrocheurs, lance Théo tandis que les groupes s'activent avec feuilles de papier et marqueurs. Trouvez quelque chose qui attirera l'attention des gens.

Les 30 minutes suivantes s'écoulent sans incident. La tête penchée, tous travaillent sur le compte-rendu.

Lorsque Théo signale à la classe que le temps est presque écoulé, chaque groupe redouble d'ardeur pour terminer.

— Dan, dis-nous ce que ton équipe a trouvé, s'il te plaît, fait Théo d'une voix chaleureuse en souriant au garçon. Quel est le titre?

Dan a la nausée. Il éprouve le même malaise à l'école parfois, quand les professeurs lui demandent de faire quelque chose devant toute la classe.

En fait, il a aimé l'activité et donné un coup de main pour tracer les lettres du titre. Il n'a pas de problème avec les petits groupes, mais parler devant tous ces gens… De la sueur commence à perler sur son visage.

Quelques jeunes bavardent toujours, mais pas Dan. Les yeux rivés sur le papier devant lui, il tente d'éviter le regard de Théo.

Puis…

— Excusez-moi, monsieur…

La voix provient de l'autre côté de la table. C'est celle de VJ.

Dan éprouve soudain un immense soulagement.

— Merci, VJ, dit Théo. Si tu te proposes pour le lire, alors…

— En fait, euh… je voulais demander la permission d'aller aux toilettes, marmonne VJ.

Dégoûtée, Mia bougonne.

— Il va falloir que je le fasse moi-même; j'aurais dû m'y attendre, lâche-t-elle en arrachant la feuille de papier des mains de Dan.

Dan adresse un grand sourire à VJ. Plus de panique.

— LE BRÉSIL DÉMARRE EN GRAND… lit Mia d'un ton confiant pendant que VJ sort discrètement.

Il traverse le corridor en boitant et à chaque pas, la douleur s'accentue. Une fois à l'intérieur des toilettes des garçons, il pousse les portes des trois cabines. Quand il est sûr d'être seul, il laisse échapper un long et profond soupir.

Il prend une poignée de serviettes en papier dans le distributeur et fait couler de l'eau froide dessus. Lorsqu'elles sont détrempées, il les tord

pour enlever le surplus d'eau. Puis il s'assoit par terre et baisse sa chaussette.

Il peut déjà voir que sa cheville ne va pas bien. Elle est rouge vif et fait maintenant deux fois la taille de la droite. Il desserre ses lacets et applique les serviettes mouillées sur l'enflure. La sensation de fraîcheur lui procure un soulagement.

En se relevant lentement, il aperçoit pendant

une fraction de seconde son propre reflet dans le miroir. Il remarque qu'il est pâle.

— Pas question que je manque le derby sud-américain! lance-t-il à voix haute.

Quand il retourne en classe, elle est déserte. La leçon est terminée et le coup d'envoi est sur le point d'être donné.

VJ retourne sur les terrains.

— Ah! VJ! fait Mia d'une voix moqueuse. C'est gentil de te joindre à nous.

● ● ●

La partie commence comme la précédente. Dan effectue quelques tacles à des moments savamment calculés tandis que VJ mène l'attaque.

Chaque joueur a un rôle et le remplit très bien.

Dan se donne à 110 %. Aucun attaquant ne

réussit à briser sa défense, ce qui donne à l'Équipe Brésil la confiance nécessaire pour garder le ballon sans paniquer.

Au milieu de la deuxième mi-temps, Dan intercepte un tir inoffensif. Le ballon est arrivé plus près du drapeau de coin que du but. C'est alors que les problèmes commencent.

Mia, qui est devant le but du Brésil, appelle le ballon.

— Passe-le-moi, maintenant! ordonne-t-elle.

— À la ligne de touche, lance un autre joueur, j'ai le champ libre.

— À moi! hurle Mia d'une voix perçante.

Indécis, Dan fait une courte passe à Mia. Mais au lieu de s'avancer pour recevoir le ballon, la jeune fille ne remue pas un muscle, sauf ceux de sa bouche. Tandis qu'elle continue à hurler, un petit joueur habile de l'Équipe Argentine saisit sa chance. Il tend le pied pour intercepter la passe puis se faufile devant Mia.

Dan se cache le visage à deux mains au moment où l'attaquant envoie le ballon derrière le gardien.

Rouge de colère, Mia pivote et foudroie Dan du regard.

— Tout ça est ta faute, évidemment!

Dan sent une boule monter dans sa gorge, mais aucun mot ne sort. Pourquoi sa bouche refuse-t-elle de le défendre?

— Je suis ton capitaine. Tâche de ne pas me mettre dans l'embarras, d'accord? ajoute Mia d'un ton amer.

VJ n'hésite pas à intervenir.

— Qui t'a nommée capitaine, pour commencer? objecte-t-il, l'air menaçant. Personne ici ne te voulait comme chef.

Aussitôt que les mots sont sortis de sa bouche, VJ sait qu'ils ont dépassé sa pensée. Mais il ne s'excuse pas. Simplement, il n'en revient pas que quelqu'un puisse se montrer aussi désagréable.

En silence, les trois coéquipiers vont reprendre leurs positions.

VJ effectue le coup d'envoi. Déterminé à créer l'égalité, il se met à courir en zigzags. Un défenseur argentin costaud vient lui bloquer le passage. Ils sont côte à côte.

VJ passe le ballon à Mia qui l'envoie vers l'avant pour qu'il aille le récupérer. Il n'y a qu'un seul défenseur entre VJ et la surface de réparation.

Si je le déjoue, je vais réussir à compter.

Cette pensée lui a traversé l'esprit. Il lève les yeux, tente un pas de côté, mais repose maladroitement son pied sur le sol. Sa cheville flanche. Il tombe sur le gazon, terrassé par la douleur.

UNE BONNE LEÇON

Cinq minutes plus tard, VJ est allongé sur un lit dans la salle de physiothérapie. Un bandage serré retient un bloc de glace contre sa cheville pour en diminuer l'enflure.

Les deux physiothérapeutes font leur évaluation.

— Heureusement qu'aucun ligament n'a été déchiré, déclare un homme de haute taille portant un survêtement de l'académie.

L'autre homme, blond, semble plus jeune. En fait, il n'a pas l'air beaucoup plus âgé que

certains des grands adolescents dc l'académie.
Il est vêtu du même survêtement et porte les
initiales MS sur sa poitrine. VJ l'observe; il
griffonne sur une planche à pince.

Marc Seal, physiothérapeute, lit-il.

L'homme se tourne vers lui.

— Ta cheville, dit-il d'un ton calme, elle
est blessée depuis un moment, n'est-ce pas?

— En fait, euh… marmonne VJ.

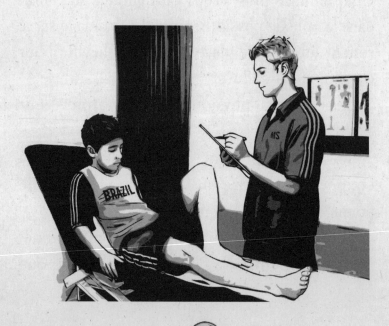

Il se rappelle soudain les serviettes de papier dont il avait rempli sa chaussette. Il voudrait disparaître.

— Écoute, si tu te blesses, il faut le dire tout de suite à ton entraîneur, poursuit le physiothérapeute d'une voix douce. Si tu continues à jouer avec une blessure, tu pourrais vraiment aggraver les choses. Ne fais pas la même erreur que moi.

VJ se soulève sur les coudes.

— Que vous est-il arrivé?

— Je faisais partie de l'équipe espoir de West Ham depuis l'âge de 12 ans, répond le physiothérapeute. Je m'entraînais fort, je mangeais correctement et je m'assurais toujours de dormir suffisamment. Je venais d'avoir 17 ans, et je jouais bien. Puis un jour, le gérant m'a enfin invité à jouer mon premier match au sein de l'équipe.

VJ s'imagine la scène. Le stade Upton Park

plein à craquer, juste au bout de sa rue… Les projecteurs qui illuminent le terrain, les caméras de la première division…

— Dix minutes après le début du match, je driblais le ballon, sans personne près de moi, et soudain j'ai glissé. Mon genou droit s'est tordu en faisant un drôle de bruit. Je savais qu'il y avait quelque chose d'anormal, mais je voulais absolument jouer. Tout de suite après, alors que je captais une passe, un défenseur a glissé vers moi et m'a heurté avec ses crampons. Mon genou a tout simplement lâché. Et ça a été la fin. On m'a emmené à l'hôpital sur une civière.

VJ imagine le tacle et se crispe en pensant à la jambe du physiothérapeute cédant sous lui.

— Ils ont essayé de m'opérer pour le réparer, mais mon genou n'était pas assez fort. Depuis, tout ce que je peux faire, c'est un petit botté de temps à autre.

VJ écarquille les yeux.

— Ce sont les ligaments croisés qui ont été déchirés? demande-t-il.

Marc acquiesce, impressionné.

— En effet, répond-il.

— J'ai lu dans un magazine que c'est la blessure la plus redoutée au soccer, déclare VJ en rougissant.

— Ce n'était pas la fin du monde. Je suis réellement chanceux, continue Marc en se retournant pour se laver les mains.

— Chanceux? s'exclame VJ. Comment pouvez-vous dire cela?

Marc raconte au garçon comment il a pu reprendre ses études quand il a été forcé d'accrocher ses souliers à crampons. Il lui parle de la formation qu'il a suivie pour devenir physiothérapeute et de son travail à l'académie.

— Je travaille toujours dans le milieu du soccer. Et lorsque les joueurs se blessent, je les aide à retourner sur le terrain le plus vite possible. C'est très satisfaisant, tu peux me croire, conclut- il.

VJ reste silencieux un moment et se met à réfléchir à ses propres études. Il devrait peut- être se montrer plus consciencieux à l'école. On ne sait jamais.

* * *

M. Ganesh vient chercher VJ tôt, et en voiture cette fois-ci.

— Tu aurais dû voir ça, grand-papa! lance VJ assis sur le siège du passager tandis qu'ils s'éloignent de l'académie. J'allais marquer, c'était certain, mais ma cheville m'a lâché. Le gardien était très loin de sa ligne de but.

M. Ganesh sourit sans quitter la route des yeux.

— Tout le monde croyait que j'avais une fracture, mais Marc, le physiothérapeute, m'a examiné, enchaîne VJ sans reprendre son souffle. Il a dit que c'était seulement une entorse, mais j'ai l'impression que ma cheville est presque cassée.

— Presque cassée, vraiment? fait son grand-père en levant un sourcil. Alors je ne crois pas que tu pourras revenir demain.

— Non, attends! s'écrie VJ. Je ne voulais pas dire…

— Marc a dit que tu devais te reposer, le rassure son grand-père. On verra comment tu te sens demain matin.

Silencieux, VJ écoute le son du clignotant. Il a pâli et affiche un air inquiet. Le feu de circulation change et ils redémarrent.

— Je n'aurais jamais cru que tu te laisserais abattre aussi facilement, lâche M. Ganesh au bout de quelques minutes d'un silence inhabituel. Que serait-il arrivé si David Beckham avait abandonné quand il avait mal à l'orteil juste avant la dernière Coupe du monde? Il aurait raté tout le tournoi.

— Grand-papa! s'écrie VJ, c'était plus qu'un mal d'orteil, il s'était cassé un os du métatarse. Je suis certain qu'il souffrait le martyr!

— Bon, tes métamachins fonctionnent toujours, non? dit M. Ganesh avec un sourire.

VJ se rend soudain compte qu'il dramatise

peut-être un peu la situation au sujet de sa propre blessure. Après tout, il a simplement reçu un coup à la cheville. Il prend sur-le-champ la résolution d'arrêter de se plaindre.

UN JEU DÉLOYAL

Tôt le lendemain, l'équipe de physiothérapie examine la cheville de VJ. Étonnamment, l'enflure a disparu et il ne reste plus qu'un petit hématome violacé.

— Je me sens parfaitement bien, lance VJ de sa voix la plus convaincante.

Son cœur, cependant, bat à tout rompre. Et si sa cheville recommençait à lui faire mal? Et si tout ce qu'il pouvait faire, c'était *regarder* les demi-finales?

Les physiothérapeutes ne prennent aucun

risque. Marc aide VJ à s'échauffer sur le côté du terrain. Un peu de course légère pour commencer, puis des exercices avec le ballon et quelques sprints pour terminer.

À son grand soulagement, VJ est déclaré apte au jeu après examen de sa cheville. Il va rejoindre les autres au pas de course alors qu'ils vont commencer.

Théo a rassemblé les joueurs de l'Équipe Brésil.

— Hier, dit-il, votre jeu d'équipe était excellent. Lorsque vous tiriez de l'arrière 1 à 0, vous ne vous êtes pas laissé faire. D'accord, le but gagnant a peut-être été chanceux, mais vous n'avez pas lâché. Votre victoire contre l'Argentine était bien méritée.

Il les met en garde contre leurs prochains adversaires : le Brésil devra encore se surpasser pour battre le Mexique.

Les quarts de finale leur en font voir de toutes les couleurs. En début de match, le Brésil joue nerveusement et garde le ballon dans sa moitié la plupart du temps. Le Mexique défend bien son territoire et ne semble pas pressé de marquer.

Après 11 minutes de jeu, c'est le désastre. Le Mexique sort de l'impasse avec un tir qui

rebondit sur la barre transversale. Le gardien de but du Brésil pivote et aperçoit le ballon aux pieds d'un attaquant à queue de cheval, qui l'envoie dans le filet.

— Un à zéro! chante l'équipe en maillots verts en se mettant en ligne pour faire la vague mexicaine.

Mia fulmine!

— On verra bien si vous chanterez toujours à la fin du match, ronchonne-t-elle.

Et elle arrache le ballon des mains du capitaine.

Un changement de côté à la mi-temps n'améliore en rien le sort du Brésil. Mia et son équipe font leur maximum comme à chaque match, mais le ballon ne leur est pas favorable, tout simplement.

Mia sait pourquoi il en est ainsi. Les choses se passent souvent comme ça en demi-finale. Elle a vu des matchs semblables à celui-ci à la télévision. Le Brésil ne marquait pas parce que les joueurs étaient nerveux. Personne n'était prêt à prendre un risque et à mener une attaque, de peur de donner le ballon à l'adversaire. Dans cette situation, il y a tant en jeu, tant à perdre. La seule façon de marquer est d'attaquer. Il faut créer une occasion de marquer.

Tout ce qu'il nous faut, c'est une petite chance pour nous ramener à l'égalité, songe Mia. Une chance. Mais la chance est-elle du côté du Mexique aujourd'hui? Mia décide qu'il est temps d'agir.

Une minute plus tard, elle appelle le ballon et Dan le lance juste devant elle. D'un bon coup de pied, elle l'expédie derrière un milieu de terrain et s'élance pour aller le cueillir.

Une fille de l'Équipe Mexique arrive à toute vitesse. Les chances sont égales, le ballon appartiendra au joueur le plus rapide…

La tentative, quoiqu'un peu maladroite, est

des plus loyales. Le défenseur parvient à dégager le ballon, mais sa jambe arrière effleure accidentellement le talon de Mia. Elle plonge par terre de manière spectaculaire.

Les bras de l'arbitre restent collés à ses flancs. Aucun coup de sifflet n'est donné et aucun coup franc n'est accordé.

— Ne lâchez pas! crie Dan pour encourager son équipe.

Soudain, Mia perd complètement la tête. Le défenseur l'a à peine touchée, mais on ne le croirait pas à la manière dont la jeune fille roule par terre. On jurerait qu'un serpent l'a mordue!

L'arbitre n'est pas dupe. Il a bien vu le tacle. Mia fait semblant d'être blessée. Il se dirige vers elle et sort quelque chose de sa poche. Un carton rouge!

— Mia, s'il te plaît, reste sur les lignes de touche jusqu'à la fin du match, dit l'arbitre sans élever la voix.

Tous restent muets de surprise en regardant Mia se relever.

— Mia, murmure VJ lorsqu'elle passe près de lui.

Il désigne du menton son brassard de capitaine. Elle doit le donner à un autre joueur de l'équipe. Mais au lieu de le remettre calmement, elle le lance par terre et se sauve en

courant dans le tunnel, sans se retourner.

Pendant quelques secondes, personne ne bouge. Tous ont les yeux rivés sur le brassard.

VJ, qui ne supporte pas les longs silences, le lance à Dan en souriant.

— Qu'est-ce que tu attends? Allez, mets-le!

Dan le regarde, incrédule.

— Tu... tu es certain? Bégaie-t-il.

— Tout à fait! Viens maintenant, on a un match à remporter, lance VJ.

Le reste de l'équipe hoche la tête en signe d'approbation.

S'il s'était arrêté pour y réfléchir plus d'une seconde, Dan aurait changé d'idée. Capitaine de l'Équipe Brésil à The David Beckham Academy? Il aurait été terrifié. Mais il enfile le brassard et retourne prendre sa position au pas de course.

Dix minutes plus tard, Mia refait son

apparition. Le match se poursuit, mais sans elle. Bien qu'il manque un joueur et qu'il faille travailler plus fort, le Brésil semble mieux organisé.

Mia suit Dan du regard, comme une caméra scrutant chacun de ses mouvements. Elle constate qu'il a l'air calme et sûr de lui. Et lorsqu'il donne des instructions à ses coéquipiers, il ne crie pas et ces derniers ne l'ignorent pas. Exactement le contraire de ce qu'elle faisait.

Mia ne peut s'empêcher de penser que le rôle de capitaine convient à Dan. Le silencieux, le géant doux. Il a gagné le respect de l'équipe sans même essayer.

À mesure que le match progresse, on sent la détermination s'installer dans le jeu du Brésil. Ses joueurs gagnent en assurance à chaque mouvement. Ils sont maintenant en mode contre-attaque.

Dan fait une longue passe à un coéquipier dans la moitié adverse, lequel évite un tacle et expédie le ballon à VJ. Voilà leur chance, et VJ ne compte pas la laisser s'envoler. Avec un parfait sang-froid, il effectue un tir sec dans le coin supérieur du but.

— Oui! hurle VJ en levant son poing en l'air.

Cette fois-ci, on ne célèbre pas le but en grand.

— Reprenez-vous, vite! les presse Dan en frappant dans ses mains. On a du temps additionnel.

Sur les lignes de touche, la sanction commence à faire effet sur Mia. Elle sait que cette fois-ci, elle est allée trop loin. Si elle avait su garder son calme, elle serait toujours sur le terrain à aider ses coéquipiers. Ses yeux s'embuent, et une larme coule sur sa joue.

Puis, quelque chose d'incroyable se produit.

Le Brésil a soudain la possibilité de contre-attaquer… Le gardien de but envoie le ballon à Dan qui le tire à l'arrière gauche, lequel fait une passe parfaite à l'arrière central… Ce dernier passe à VJ à l'aile gauche, qui l'envoie en arrière avant que l'arrière gauche n'effectue un tir dans la surface de réparation. L'attaquant du Brésil a le champ libre; d'un simple botté avec l'intérieur du pied, il donne une avance de 2 à 1 à son équipe.

— Vous ne faites plus la vague, nanananana! chante VJ avec impertinence à l'équipe adverse.

— Vous ne faites plus la vague! renchérit le reste de l'Équipe Brésil.

Même l'expression de Mia change! Les coins de sa bouche se relèvent un tout petit peu pour former ce qui ressemble étrangement à un sourire.

Quelques secondes plus tard, un coup de sifflet annonce la fin du match. Ils ont réussi. Ils passent en finale!

LA PROMOTION

Après une pause rafraîchissante bien méritée, le dîner est servi. La cafétéria bourdonne d'excitation. Dan et VJ ne peuvent pas s'empêcher de se regarder en souriant tandis que les membres de l'Équipe Brésil discutent du match suivant.

L'Afrique du Sud est le prochain et dernier adversaire du Brésil dans le match décisif qui couronnera les champions du tournoi.

En se levant pour aller ranger son plateau, VJ aperçoit Mia et Théo à la table voisine en grande conversation. Il n'entend pas vraiment ce qu'ils disent, mais Mia a la mine piteuse. En sera-t-elle capable? Pourra-t-elle ravaler son orgueil? VJ n'en est pas convaincu.

Mia se lève. Le visage rouge, elle se tourne pour faire face à la table de l'Équipe Brésil.

— Je m'excuse de vous avoir laissé tomber, lâche-t-elle d'une petite voix. Si vous ne voulez pas de moi dans l'équipe pour la finale, je comprends tout à fait ...

Personne ne sait quoi répondre. Dan entend chuchoter derrière lui tandis que Mia le regarde fixement, l'air désespéré.

— Bien sûr qu'on veut de toi, déclare-t-il. On a autant besoin de toi que de tout autre joueur.

● ● ●

Il est décidé que Dan sera capitaine pour le match contre l'Afrique du Sud. Théo lui a dit de

conserver le brassard, car il a été satisfait de la façon dont il a su transformer en victoire la défaite annoncée contre le Mexique.

Plus le match approche, plus la nervosité augmente chez les joueurs. La tension est palpable. Leur capitaine ne fait pas exception. Un mélange de nervosité et d'excitation lui serre l'estomac.

VJ essaie de détendre l'atmosphère en jouant au commentateur sportif, comme chaque fois que le visage de Dan prend une expression sérieuse. Mais Dan n'écoute pas, il est complètement absorbé par le match.

VJ décide de laisser son capitaine en paix. Avec un haussement d'épaules, il lui tourne le dos pour quitter le vestiaire.

— Je te rejoins dans une seconde, lui lance Dan.

Mais la seconde se transforme en une minute, puis en cinq minutes. Lorsque son capitaine ne se montre pas sur le terrain, l'Équipe Brésil commence à s'inquiéter.

— Quelqu'un a vu Dan? s'informe Théo.

VJ fait une grimace d'excuse.

— Je croyais qu'il s'en venait, répond-il.

— Faites des tirs de pénalité en attendant que je revienne, dit Théo en lançant un sifflet à l'aide-entraîneur.

Quelques instants plus tard, Théo ouvre

grandes les portes du corridor et trouve Dan
assis contre le mur.

— Ça va, Dan?

— Je m'excuse, répond Dan en se relevant.
J'avais besoin d'une minute.

Il ne veut surtout pas que Théo pense qu'il
ne lui est pas reconnaissant de l'avoir nommé
capitaine.

Dan a la main sur la porte; il est sur le point
de l'ouvrir, mais il s'immobilise, forçant Théo à
s'arrêter à son tour.

Pendant quelques secondes, c'est le silence.
Puis Théo prend la parole :

— Avant de retourner sur le terrain, est-
ce qu'il y a quelque chose qui te tracasse et dont
tu voudrais te libérer?

Dan hoche la tête. Mais les mots ne lui
viennent pas.

Théo enchaîne gentiment :

— Quand je suis arrivé comme entraîneur

ici, à l'académie, j'étais très nerveux. Je pensais à toutes sortes de choses. Est-ce que les jeunes m'aimeraient? Est-ce que je serais un bon entraîneur? Est-ce que j'aurais simplement dû continuer à travailler dans le magasin de mon père? Puis, je me suis rappelé l'entrevue, la première fois que j'ai rencontré David Beckham. « Crois en toi », m'a-t-il dit. Et c'est ce que j'ai commencé à faire.

Théo fait un grand sourire à Dan et poursuit :

— Je t'ai choisi comme capitaine parce que tu es spécial. Tu as tout ce qu'un entraîneur recherche chez un capitaine : la bravoure, la passion, une influence positive sur tes coéquipiers… L'esprit d'équipe pendant la deuxième mi-temps était incroyable, et c'est grâce à toi.

Dan rougit. Personne ne lui a jamais dit autant de choses gentilles d'un seul coup. Il n'a pas l'intention de se laisser enivrer pour autant,

mais les paroles de l'entraîneur lui ont fait du
bien. Il entre sur le terrain à grandes enjambées.
Que le match commence!

ON DIRAIT LE BRÉSIL

La finale débute par une première période palpitante. L'Équipe Afrique du Sud est à la hauteur de sa réputation comme grande favorite du tournoi. Elle réussit cinq tirs au but après seulement sept minutes de jeu.

Tante Jasmine et les autres parents regardent le match depuis les lignes de touche. M. Ganesh se trouve à côté d'elle.

— Allez, on en est capables! lance Dan à ses coéquipiers.

Sa poitrine se gonfle sous l'effet des

émotions. Il sait que son équipe peut se montrer excellente et ne doute pas un instant qu'elle va remporter le match.

Vif comme l'éclair, VJ s'élance, double un défenseur et, d'un tir méthodique, expédie le ballon derrière le gardien. Chez les joueurs du Brésil, c'est le délire total.

— Bien joué mon garçon! s'exclame son grand-père.

L'équipe a bientôt une autre raison de se réjouir, car Mia compte un deuxième but. Son visage rayonne de plaisir.

L'enthousiasme est cependant de courte durée. L'Afrique du Sud effectue une manœuvre habile qui se termine par un tir impossible à bloquer. Pendant combien de temps le Brésil pourra-t-il maintenir son avance?

Il faut reconnaître que l'Équipe Brésil n'abandonne pas. Puis, dans les dernières secondes du match, l'arbitre lui accorde un coup de pied de coin.

Dan s'empresse de réunir ses coéquipiers en un groupe serré.

— OK, voici ce que je veux qu'on essaie, avance-t-il. Mia va faire le coup de pied de coin et…

— Mais c'est toujours moi qui fais ces coups-là, proteste VJ. Allez!

— Laisse-moi terminer, fait Dan d'un ton ferme. J'ai besoin de toi dans la surface de réparation. Je veux que tu te serves de ta vitesse et que tu te mettes à courir à la dernière minute. De cette façon, tu vas attirer le défenseur et, je l'espère, créer de l'espace pour que je puisse essayer de marquer.

Ses coéquipiers approuvent d'un hochement de tête. Ils se disent que la stratégie de Dan pourrait très bien fonctionner.

Mia exécute un tir mou et regarde le ballon décrire un arc loin au-dessus des défenseurs de l'Afrique du Sud. Alors Dan effectue un saut ahurissant et, d'un puissant coup de tête, il envoie le ballon dans le but. La stratégie a fonctionné à merveille. Buuuuuuuut!

Les coéquipiers de Dan laissent éclater leur joie. Quelqu'un circulant à l'extérieur de l'académie pourrait fort bien penser que des travaux de démolition sont en cours, tant le bruit est assourdissant.

— Ha! Ha! C'est comme si on regardait le Brésil! s'écrie M. Ganesh en dansant d'un pied sur l'autre, le sourire aux lèvres.

Tante Jasmine se gratte la tête.

— Excusez-moi, dit-elle, mais je croyais que *c'était* le Brésil.

Un coup de sifflet vient mettre fin au match. Le Brésil est déclaré champion du tournoi.

La cérémonie de remise des médailles a lieu immédiatement après et l'équipe, avec Dan en tête, va chercher le trophée. Le garçon soulève la coupe dans un tonnerre d'applaudissements.

— Applaudissons notre capitaine… lance VJ en riant. Et quel capitaine!

Une autre clameur assourdissante s'élève.

● ● ●

Il faut déjà quitter l'académie. Dan traîne un peu pour saluer VJ.

— À la prochaine, marmonne-t-il.

— À très bientôt, réplique VJ en souriant. Envoie donc un message à ta mère et à ton père, et demande-leur si je peux aller chez toi l'été prochain. On pourra regarder la Coupe du monde ensemble!

Dan observe son ami. Comment est-il possible que VJ veuille séjourner au milieu de

nulle part?

Puis VJ reprend, comme s'il avait lu dans les pensées de Dan :

— Tous ces champs… tu as ton terrain à toi! dit-il en souriant, les yeux écarquillés. Je suis certain que je ferais un meilleur coéquipier qu'une vache, non?

— Allez, vous deux, fait tante Jasmine qui tâtonne sur les boutons de son téléphone. Cette photo vaudra une petite fortune quand vous serez de célèbres joueurs de soccer!

Dan sourit; il ne s'est jamais senti aussi fier. Les deux derniers jours ont été incroyables. Maintenant, il sait qu'il peut être capitaine et il a l'impression que tout est possible!

DANS LA COLLECTION
THE DAVID BECKHAM ACADEMY